Les caprices de Mélisse

BENOÎT BR

ILLUSTRATIONS
D'ELSA FOUQUIER

Chapitre 1

Trop c'est trop ! La princesse Mélisse en a assez. Tout l'ennuie dans ce royaume.

Aucun nuage.

Température idéale.

Ça ne peut plus durer.

Mélisse aime avoir peur.

Chaque soir, dans sa chambre, elle lit des histoires qui **fichent la trouille**.

Au petit déjeuner, Mélisse dit au roi :
– Papa, je m'ennuie. J'en ai assez. Si tu ne me fais pas peur, je pars travailler au musée de l'Horreur.

– Le musée de l'Horreur ! Ma chérie, une princesse n'est pas obligée de travailler. Tu n'es pas bien ici ?

– Papa, je veux une **peur bleue**. Pas un ciel bleu.

Si le roi Isidore ne lui file pas les **chocottes**, demain elle prend la porte.

Chapitre 2

Le roi Isidore est **désespéré**.
Perdre sa fille, jamais !
Il réunit ses conseillers
et leur dit :
– Mélisse s'ennuie
au château. Elle veut
une peur bleue.

Dans la salle, c'est le silence complet. La tête entre les mains, les conseillers cherchent la solution.

Une peur bleue, qu'est-ce que c'est ?

Un ciel bleu, tout le monde sait. Mais une peur bleue, aucune idée.

Alfred, le premier conseiller, se lève et dit :
– Une peur bleue, ça n'existe pas.

Le roi retient ses larmes.

Guillaume, le deuxième conseiller, se lève et dit :
– Une peur bleue, on n'a jamais vu ça !

Mais Jofroi, le plus vieux conseiller, a une idée. Il tord son dos et déforme sa bouche édentée. Il tire la langue et enfonce deux doigts dans ses trous de nez. Il se lève d'un bond et se met à hurler :

Le roi claque
des dents, terrifié.
Il a les chocottes.

Alfred et Guillaume
tombent à la renverse.

On ne voit plus
que leurs pieds.

Jofroi sourit et dit :
– Une peur bleue, c'est ça ! Croyez-moi, après cette **frousse**, Mélisse ne fera plus de caprices.

Le roi Isidore est soulagé.
– Jofroi, va ce soir dans
sa chambre et donne-lui
la peur bleue
qu'elle réclame.

Chapitre 3

Mélisse a attendu toute la journée. Rien ne s'est passé. Demain, elle partira au musée de l'Horreur pour travailler.

Sur son lit, elle
ouvre un livre qui
fiche la trouille.

Une histoire
de monstre
qui dévore
les enfants.

À chaque page,
Mélisse claque
des dents.

Dans le couloir, Jofroi avance sur la pointe des pieds, suivi par le roi.

Le conseiller déforme sa bouche édentée. Avec les doigts, il étire ses trous de nez.

Il se met à hurler :

Mélisse **sursaute**. Elle regarde Jofroi. Il danse d'un pied sur l'autre en grimaçant.

La princesse ne
claque pas des
dents mais ses
lèvres tremblent.

Bientôt,
elle sourit.

Puis elle éclate de rire
sur son lit.

Dans le couloir, Isidore comprend
que la peur bleue n'a pas marché.

Demain Mélisse partira à tout jamais.

Quand le roi entre dans la chambre, la princesse court vers lui. Elle le serre dans ses bras et s'écrie :

– Papa, ton idée est géniale !

C'est mieux qu'une peur bleue. Jofroi avec les doigts dans le nez, je ne l'oublierai jamais. Je veux recommencer.

« Autrement, inutile de me retenir.
Je pars travailler au musée du Fou Rire.

Fin

300, rue Léon-Joulin, 31101 Toulouse Cedex 9 – France
www.editionsmilan.com
Loi 49.956 du 16.7.1949 sur les publications destinées à la jeunesse.
Dépôt légal : 2e trimestre 2013
ISBN : 978-2-7459-5779-5
Imprimé en France par Pollina - L64516C
Création graphique : Bruno Douin